L'ACADÉMIE,

LE ROMANTIQUE

ET

LA CHARTE,

Satires,

SUIVIES

DU SOLDAT LABOUREUR,

Cantate

D'après le Tableau de M. Horace Vernet.

Je ne suis rien au monde et j'écris pour m'instruire,
Ne cherchant que dans moi ce que je vais écrire.

PARIS,

A LA LIBRAIRIE UNIVERSELLE
DE P. MONGIE Aîné,
BOULEVART DES ITALIENS, Nº 10.

1825.

IMPRIMERIE DE FAIN.

L'ACADÉMIE,
LE ROMANTIQUE

ET

LA CHARTE.

[par Henri de Latou

Ye

13747

PARIS. — IMPRIMERIE DE FAIN, RUE RACINE, N°. 4,

PLACE DE L'ODÉON.

L'ACADÉMIE,
LE ROMANTIQUE
ET
LA CHARTE,

Satires,

SUIVIES

DU SOLDAT LABOUREUR,

Cantate,

D'après le Tableau de M. Horace Vernet.

Je ne suis rien au monde et j'écris pour m'instruire,
Ne cherchant que dans moi ce que je vais écrire.

PARIS,

A LA LIBRAIRIE UNIVERSELLE

DE P. MONGIE Aîné,

BOULEVART DES ITALIENS, N°; 10.

1825.

SATIRE PREMIÈRE

SUR

L'ACADÉMIE FRANÇAISE,

A L'OCCASION

DE LA DERNIÈRE SÉANCE PUBLIQUE TENUE LE 17 JUILLET 1825,
ET DANS LAQUELLE ONT ÉTÉ REÇUS PARMI LES QUARANTE

MM. DELAVIGNE ET DROZ.

> L'académie, entre nous,
> Souffrant chez soi de si grands fous,
> Me semble un peu topinamboue.
> BOILEAU, *Épigrammes.*

ÉLUS du docte corps que fonda Richelieu,
Académiciens par la grâce de Dieu [1],
Chanoines agrégés au plus doux des chapitres
Où se chanter l'un l'autre est le premier des titres,
Embaumez-vous, messieurs, enfumez-vous d'encens,
Distillez entre vous sucre et miel, j'y consens.
Le sonnet est divin, divine est la ballade,
Soit; mais à votre tour passez-moi la boutade.

1

Au nombre trente-neuf un étant ajouté,

Cela fait quarante ; oui : quarante, en vérité,

Mais quoi de plus ? Or donc ce cas étant le vôtre,

D'où vient que tout Paris en dit sa patenôtre,

Qu'il accourt se pressant comme au bon numéro,

Pour voir chez vous un quatre escorté d'un zéro,

Et d'un jeune talent le disque encore informe

Figurer en statue au haut d'un fût énorme ?

Astre il est, j'en conviens, mais c'est grâce à vos soins,

Sans la nuit qui l'entoure il éclaterait moins.

D'un triple feu l'éclair brille au milieu de l'ombre ;

Est-il passé, la nuit en est encor plus sombre.

Or, tandis que pour vous coule à flots le nectar,

J'en vais, moi, soutirer les mais, les si, les car.

Gouvernais-je la France, (et que Dieu m'en préserve !

Toute ingrate qu'elle est j'aime encor mieux ma verve),

Pour vous mettre d'accord je vous dirais à tous :

« Messieurs les gens d'esprit, allez chacun chez vous.

» Aussi-bien ce fauteuil, de superbe origine,

» N'est-il plus qu'un vieux meuble en proie à la vermine,

» Dont les pieds hors d'équerre et le dossier poudreux

» Offrent à la paresse un appât dangereux.

» Il est tard, la nuit vient : déjà le romantique

» Jusque sous vos lambris étend son narcotique.
A ce qu'il vous inspire il ne faut pas surseoir ;
» Votre lit vous réclame, ainsi, messieurs, bonsoir.
» Toi, dont le nourrisson [2] n'attend plus de services,
» Retourne, Académie, au bureau des nourrices. »

Mais cet excellent roi qui vous convoque ici,
Bien que de vos discords il ait tout le souci
Et compte peu sur vous pour illustrer son règne,
Il n'est pas de lauriers dont sa main ne vous ceigne.
La nature, l'étude, ou certain talisman
Érige-t-il l'arbuste en cèdre du Liban ;
Ou bien quelqu' honnête homme en des temps peu propices
A-t-il sur les Bourbons fait deux ou trois notices :
« Vite, avancez un siége à ces deux candidats, »
Dit Charle, et le fauteuil sitôt vous tend les bras.
De tout ce bruit pourtant Charles qui n'est pas dupe,
Doit bien rire du poste en voyant qui l'occupe.
Sa bonté toutefois ne se démentant point,
Chantez-vous, cigne ou coq, de ses dons il vous oint ;
Et sur vous de pleuvoir, quand si rare est la pluie,
Croix d'honneur, pension, salaire et seigneurie.
Il vous gâte, en un mot : son indulgent accueil
Profite à vos talens bien moins qu'à votre orgueil,

Et trop souvent chez vous, abandonnant l'étude,
Le mérite endormi rêve l'ingratitude.

Je sais que d'un Vandale ou d'un ourang-outang,
Au bout de ce discours l'épithète m'attend ;
Mais dussé-je être encore à vos yeux plus barbare
Qu'un cosaque du Don nourri de lait tartare,
Je vous dirai tout franc, et dix fois s'il le faut,
Que vous nous rappelez la cour du roi Pétaud ;
Qu'émule de Circé, dont l'amoureux caprice
Travestit en pourceaux les compagnons d'Ulysse,
Votre institut vous change, au gré de ses faveurs,
En muets du sérail, eunuques des neuf sœurs.
En doutez-vous ? lisez ces éternels mémoires [3],
Le plus nauséabonde entre tous les grimoires,
Et qui déjà cent fois a coûté plus d'éclat
Que de vous n'en attend ce monument ingrat.

Abdiquez, croyez-moi, le trône académique ;
Dépouillez-en la pourpre, elle est épidémique ;
Confiez votre nom à d'immortels travaux,
Et par vos talens seuls régnez sur vos rivaux.
Académiciens, que rapporte ce titre ?
Vous rend-il de votre art ou l'oracle ou l'arbitre ?

Non, tel de cet honneur a l'esprit tout replet,
Qui ne sait pas se mettre à l'abri du sifflet;
Tel autre, du public fuyant la raillerie,
Va jouer le grand homme en quelque coterie,
Et, des lettres à part poursuivant le sentier,
Écrit en amateur retiré du métier.
Tel est enfin l'abus de votre illustre école,
Qu'on n'y peut arriver qu'en usant de bricole,
Et qu'on dit du talent, qu'elle réduit à rien :
« Quel dommage qu'il soit académicien! »

L'heureux Étienne au moins peut entre ses *Deux Gendres*[1],
Sans qu'il soit un phénix, renaître de ses cendres.
Tant qu'il fut de ce corps au nombre des élus,
On disait de ce membre : «Encore un de perclus! »
Au lieu qu'on dit depuis qu'il a cessé d'en être :
« Il en revient de loin! le voilà passé maître!
» Et l'un de ces matins sa muse accouchera
» De quelque vaudeville ou petit opéra . »

Je vous entends, messieurs. «L'envie aigrit ma verve:
» Vos raisins jadis verts allèchent ma Minerve;
» C'est du bout de ses dents qu'elle rit du fauteuil,
» La pécore en secret le convoitant de l'œil. »

Riez à votre tour, et même à pleine gorge,

Si jamais jusque-là ma muse se rengorge,

Si l'œil doux, l'air confit, la langue en encensoir,

Elle se fait chez vous inviter à s'asseoir [5].

De sa pièce en tout cas lui rendant la monnaie,

Service pour service, arrachez-lui sa taie.

« Quoi ! vous, muse revêche, entrer sous ces parvis ! »

Lui dira votre suisse, ajoutant comme avis :

« A quel titre céans prétendez-vous au siége?

» Quel parti vous députe, ou quel grand vous protége?

» Vous ne savez que mordre, aboyer aux passans,

» Au sein des immortels on ne vit que d'encens :

» La satire, pour cause, ici n'est point de mise,

» Et depuis Despréaux n'y fut jamais admise.

» Près de nos demi-dieux, fi ! d'un droit si mesquin.

» Chaussâtes-vous jamais cothurne ou brodequin?

» Est-ce en vos vers pour vous que se lamente George,

» Que Duchesnois gémit à s'en rompre la gorge?

» Talma du grand tragique est-il jamais sorti

» Pour faire en votre école * un comique apprenti?

» Enfin, le diamant de notre comédie,

» Mars fit-elle un faux pas pour vous... en tragédie ** ?

* *L'Ecole des Vieillards.*

** *Le Cid d'Andalousie*, tragédie qui n'est pas de Corneille.

» En un mot, quel renom s'est acquis votre cru ?
» Quel fonds de librairie à vos frais s'est accru ?
» Où se vend le recueil de vos œuvres complètes ?
» L'advocat et Barba l'ont-ils sur leurs tablettes ?
» Ah ! vous avez, ma mie, avant que vous asseoir,
» Bien du chemin à faire et du pays à voir. »
Certes, à ce discours n'ayant rien à répondre,
Ma muse prend la poste et s'en retourne à Londre.

Moi, je reviens à vous, seigneurs de l'Hélicon !
Vous voyant accablés des faveurs d'Apollon,
D'humaine vanité pour vous rendre économes,
Je viens vous rappeler que vous êtes des hommes.

Tel couvert de lauriers lorsqu'un consul romain,
Du sénat entouré, couronné par sa main,
Planait resplendissant sur cette Rome altière
Où tout rendait hommage à sa vertu guerrière,
Un captif, écrasé sous le poids de ses fers,
Pieds nus, suivant le char du roi de l'univers,
Semblait lui témoigner, au milieu de sa gloire,
Qu'un revers trop souvent suit un jour de victoire.

Telle en ce jour ma muse au phénix de ces lieux,
Météore incarné, céans tombé des cieux,

Aigle, dont l'envergure emplit cette coupole,
Humble, obscure, et servant d'ombre à son auréole,
Quand tout lui parle gloire et l'excite à l'orgueil,
Ose élever la voix pour lui parler d'écueil.

Oui, jeune Casimir, enfant gâté des muses,
Tu mérites ce titre, et pourtant tu t'abuses,
Si tu n'y vois par toi, sur toi-même usurpé,
De ce que tu promets le prix anticipé.
Certe, écrire avec goût, penser avec méthode,
Au gré de son sujet ployer la période,
Sans lui sacrifier la clarté du discours,
De l'idée à la fois suivre et régler le cours,
La nourrir et l'orner des couleurs d'un beau style,
Du plus aride sol faire un terrain fertile,
Et si bien de l'esprit exploiter le trésor,
Qu'à volonté le cuivre y passe pour de l'or...
Ce sont là des talens non moins réels que rares,
Et dont les chastes sœurs furent toujours avares.
Mais ce n'est point encor où se bornent leurs droits,
Sur ceux que le génie asservit à leurs lois;
Il faut plus à qui veut conserver leur estime
Que des hauteurs du Pinde avoir atteint la cime :

9

Tel y touchait le seuil de l'immortalité,
Qu'un seul moment d'erreur en a précipité.

Dans l'amant d'Ariane échappé du dédale,
Si la fable présente une utile morale,
C'est surtout au poëte en son cœur descendu
Pour y chercher le vrai que le monde a perdu,
Mais qui, s'il y poursuit une trace illusoire,
N'y trouve qu'un abîme où s'engloutit sa gloire.

Vois Biron : s'il brilla,... ce ne fut qu'un matin ;
Émule de son art, évite son destin :
Aux passions du jour malheur à qui se voue,
C'est chercher l'équilibre au sommet d'une roue.

Sans doute il est flatteur de voir chez Ladvocat
Vingt-cinq éditions, grand et petit format,
Des fortunés produits de ta féconde plume
Se donner au public à six francs par volume ;
Et d'entendre aussitôt tout l'arrière-vallon
Jusqu'au neuvième ciel porter ton Apollon.
Le premier peut encor braver la controverse,
Mais au second déjà le bout d'oreille perce.
Prends garde ; s'il est beau d'aimer la liberté,
Le cœur libre est celui qui n'a rien d'affecté.

Fuis donc de tes flatteurs l'amorce intéressée,
Du joug de leur hommage affranchis ta pensée [6];
Qui trop consulte un autre est plutôt lui que soi,
Sage ou sot, mon avis est tout moi, toujours moi.

Non que par là j'entende un orgueil ridicule
Qui craint de s'avancer et jamais ne recule,
Qui clos, barricadé dans son opinion,
Ne la commèt pas même à la réflexion ;
Dieu m'en garde! et Ferrand voulant sonder ma force,
D'un assaut de raison m'eût-il tendu l'amorce,
Même au péril du mien attaquant son parti,
L'un de nous d'eux par l'autre eût été converti [7].

Je hais un champion qui toujours dans la lice,
La visière baissée entre ou plutôt se glisse,
Et qui, ne s'y montrant ni dedans ni dehors,
Lâche pied aussitôt qu'il s'y voit corps à corps ;
Ou bien qui, profitant d'un défaut de cuirasse,
Y frappe un adversaire en lui quittant la place.
L'esprit, quand d'une cause il est bien convaincu,
La plaide ouvertement ; et, vainqueur ou vaincu,
De bonne foi s'amende ou convainc l'incrédule.

Toi-même Lauréat, poëte sans émule

Sur certain point (car j'ai ma marotte aussi, moi),
Mon lot fut-il de rompre une lance avec toi,
Bravant de ce combat l'inévitable chance,
J'en subirais la gloire avec reconnaissance,
Tant j'ai ce point à cœur! et pourtant, j'en convien,
Las! que suis-je? encor moins qu'académicien.

« Eh! pourquoi, me dit-on, tous ces cris, ce tapage,
» Contre un si vénérable et docte aréopage?
» Quel démon te possède, ou quel chien t'a mordu?
» Ainsi que l'hydrophobe en sa rage éperdu,
» Rebelle à l'élément dont le besoin le presse,
» Ne peux-tu, sans hurler, approcher du Permesse?»
A cela je réponds : Dieu vous bénisse tous !
C'est à l'Académie " et nullement à vous
Que j'ai l'honneur, messieurs, d'adresser ma boutade,
Chacun séparément vous valez l'accolade.
Je vous tiens chevaliers tous, et des plus fringans,
Ne le fussiez-vous pas, donnez-vous-en les gants.

Mais cette veuve antique et toujours demoiselle,
Qui sous un chapeau rouge est née,... à quoi sert-elle?
Ses titres de noblesse et ses nombreux quartiers,
Vous le savez, sont bons à mettre aux vieux papiers.

Clouée en son fauteuil dont la sotte ne bouge,
De blanc badigeonnée et couverte de rouge,
A deux cents ans coquette ainsi qu'en ses beaux jours,
Elle fait des romans de ses vieilles amours.
Par malheur n'ayant plus sa justesse première,
La voulant ranimer elle éteint la lumière,
Et son giron gothique, au lieu de piédestal,
Ne sert à ses amans que de lit d'hôpital ;
Car on dit que la vieille aimant les gens d'assiette,
Se donne à qui sait mieux manier la fourchette [9] ;
On dit même qu'un jour, au Cadran-Bleu, je crois,
Quinze de vous, messieurs, ayant capté son choix,
Sont, comme aujourd'hui Droz, le dernier de la bande,
Droit à l'académie entrés en contrebande.

Il faut donc l'interdire et plus tôt que plus tard :
Fallût-il la noyer, j'y prendrais bonne part.
Que d'aimables auteurs sa mort ferait renaitre [10] !
Ce cher Picard... qui sait? il vit encor peut-être !
Son *Gil-Blas* est charmant,... mais Lesage en fit un ;
Son *Niais* n'est pas un sot,... mais sent le lieu commun.
Les *Croisades*, Michaud, t'auront été mortelles,
Car on n'a pas depuis reçu de tes nouvelles.
Andrieux a passé l'âge des *Étourdis ;*

Il est sage à présent, et professeur,... tant pis.

Et Châteaubriant donc, ce type du *Martyre*...

C'est la fin des Débats qu'il attend pour écrire.

Bélisaire et Jouy sont de Flandre arrivés,

L'un portant l'autre, un d'eux ayant les yeux crevés.

Soumet nous servit bien sa *Jeanne d'Arc* rôtie,

Mais c'est là pelotter en attendant partie.

Clytemnestre! Eh bien, qu'est-ce? un vieux fond mis à neuf.

Cléopâtre au moins tient; c'est la pièce de bœuf :

Quoique morte, elle règne; et, bravant le parterre,

L'aspic de Vaucanson * ne la ferait pas taire.

Renouard, tes héros ont assez reposé :

Le bûcher brûle encor, mais veut être attisé.

Vous, faiseurs de journaux, vous, faiseurs de notices,

Tout ce papier qui sert d'enveloppe aux épices,

Changez-en le destin : et pour vous de fleurir,

Le chanvre sera fier, le lin fier de mûrir.

---

* Célèbre mécanicien qui, ayant fait pour la représentation de la *Cléopâtre* de Marmontel, un serpent de grandeur naturelle, avait porté l'excellence de son art jusqu'à le faire se mouvoir et siffler comme un être intelligent. Cette circonstance, en confirmation de l'avis du parterre, fit tomber la pièce; il est vrai qu'elle ne vaut guère mieux que la *Cléopâtre* moderne dont il s'agit.

Arrête-toi ma muse, en ce moment tu parles
Comme a fait Lamartine au sacre du bon Charles,
Et passes en revue ici nos beaux-esprits,
Comme ces douze pairs qu'il a si bien décrits.
Chut! encor vaut-il mieux qu'il radote et qu'il niaise,
Que de le voir assis sur la fatale chaise ;
Ses *Méditations* l'y pourraient bien porter,
Et pendant que l'on bâille on ne peut pas chanter.

Ce tableau, j'en conviens, peint plus grand que nature ;
Mais à des yeux obtus que sert la miniature ?
Nos défauts à grands traits veulent être esquissés
Pour pénétrer l'orgueil de nos sens émoussés.
D'ailleurs, en traversant la zone académique,
Le système nerveux a besoin de tonique.
Sans cela tiendrait-on, par les chaleurs qu'il fait,
A l'ennui d'un discours qui trouve tout parfait.
Auger, compère Auger, ta louange suffoque ;
Lavigne, ton esprit met le mien à la coque.
Ce Térence et ce Plaute, où sont-ils ? Je ne vois,
Peut-être y vois-je mal, qu'un peintre assez bourgeois
Dont la prose au gros sel plait par ses épigrammes,
Et qu'un artiste en vers qui fait de pauvres drames.

Tu me diras peut-être : « Eau bénite de cour,

» Et pour que Pocquelin en moi revive un jour. »
Admire le talent, soit, mais avec mesure :
Poëte, on ne l'est pas pour savoir la césure.
On peut ne dire rien même en de fort beaux vers ";
On peut très-bien écrire et penser de travers.
Combien de vos accords sont, ô muses modernes !
Brillans d'expression, mais d'invention ternes !
Tout cet art descriptif, aujourd'hui si commun,
Qu'est-ce? un rameau sans fruit, une fleur sans parfum.
Pour ouïr et pour voir le monde en ses merveilles,
J'ai comme vous des yeux, comme vous des oreilles.
Ce n'est point sur l'effet des couleurs ou des sons;
C'est sur moi que j'ai seul besoin de vos leçons.
Analysons un peu vos plans de comédies
Qu'avec raison la rime appelle rapsodies.
Un soir observez-vous, au boulevart de Gand,
Une coquette, un fat, un sot, un intrigant,
(On y trouve de tout, hors le frais qu'on y cherche...)
Sur Pégase aussitôt votre Apollon se perche;
Au fameux coin Taitbout une rime vous rit,
Quand au fond d'un sorbet l'autre attend votre esprit.
Quel trésor! au logis vous poussez des tirades
Si fortes, qu'à la fin vous en tombez malades.
Le docteur qui vous soigne est un original,

Sa copie en vos vers fait passer votre mal ;
Et, divisant le tout en portions compactes,
Vous donnez au public un remède en cinq actes.

Mais pénétrer le cœur, scruter l'esprit humain,
Y surprendre un travers qui n'est pas sous la main,
De traits puisés dans tous composer un seul être
En qui tout spectateur se puisse reconnaître ;
D'accessoires adroits faire sur lui l'essai,
Lui prêter un langage à la fois neuf et vrai ;
Et faire que du vice, empreint de ridicule,
La haine en badinant à l'esprit s'inocule,
Voilà ce que fait seul un poëte en cet art,
Ce qui seul est talent : tout le reste est hasard.
Que me fait qu'un vieux fou [1], qui n'a rien de son âge,
Livre en proie aux écueils sa femme et son ménage,
Et, d'un tort qu'il a seul accusant tout Paris,
Échappe par miracle au destin des maris ?
Car cette bonne Hortense est si chaste et si tendre !
Qu'il la faudrait brûler pour en avoir la cendre :
Qu'ensuite un pauvre duc, de cette perle épris,
Voulant la dérober soit à minuit surpris,
Incendié Bazar et d'amour et de honte,
Par Danville qui lors sur ses grands chevaux monte ?

Fausses mœurs, fausse intrigue et caractéres faux,
Voilà ce qu'au théâtre on couvre de bravos!

« Mais les vers... qui leur peut dénier son suffrage? »
Que me font de beaux vers? Je veux un bon ouvrage.
Moliére, à vous entendre, a gâté le métier,
Nul travers après lui ne reste à châtier.
Vous qui parlez ainsi retournez à l'école,
Et ne m'échauffez pas par ce discours frivole.
Des travers? Eh! grands dieux, je les compte par cent;
En pouvoir comme en nombre ils vont toujours croissant.
Je conviens qu'autrefois la sotise et le vice,
N'ayant que l'ignorance ou l'erreur pour complice,
Offraient à la risée un champ plus gai, plus franc,
Prêtaient à la censure un plus docile flanc.
Tandis que de nos jours ils régnent au Parnasse;
Où de cynisme armés, pleins de fiel et d'audace,
Sous le nom de talens, ils se font redouter...
Les démasquer!... oui; mais qui l'osera tenter?

C'est moi! moi qui n'ai peur, n'ai besoin de personne,
Qu'aucun succès ne tente, aucun revers n'étonne.
Ah! pourtant je me trompe, il me faut des lecteurs;
J'en ai fort peu, je manque aussi de spectateurs.

O toi, cher d'Arlincourt, renégat solitaire
Dont la muse en a tant qu'elle ne sait qu'en faire,
Cède-m'en quelques-uns, non ces lecteurs fervens,
Pour qui rien n'est si beau qu'un style aux quatre vents,
Mais ceux qui, dans ton vol fatigués de te suivre,
En guise d'oreiller se servent de ton livre.

Cet auteur-là vous manque, académiciens ;
Avec pompe c'est lui qui sait dire des riens,
Qui dans le clair-obscur tenant toujours sa phrase,
Fait que l'on n'y voit goutte et qu'on tombe en extase.
Toussez, crachez, lecteurs, voici mon dernier point.

Quand Minerve en surplis et Phébus en pourpoint
Concoururent ensemble à consacrer en France
Un palais aux beaux-arts, un temple à la science,
De ce grand monument les heureux fondateurs
Du Parnasse français étaient les dictateurs.
Leur exemple était loi, leur goût seul faisait règle ;
Chacun, maître en son art, de sa sphère était l'aigle.
Le choix du cardinal, se fixant donc sur eux,
En signalant son goût satisfit tous les vœux.
La France, à cette époque, épurait son langage,
Et Richelieu soudain consomma cet ouvrage.

L'ascendant du génie en cet âge naissant,
Faisait de l'écrivain un être intéressant;
Mais alors le mérite y pouvant seul prétendre,
Ce titre n'était point à qui voulait le prendre.
De ce brillant tableau que l'aspect est changé!
Que notre siècle en offre un chétif abrégé!
Où le génie est-il? A la Bourse il trafique,
Suit le cours de la rente et d'agiot se pique;
Il prête aux libéraux sa plume à cinq pour cent,
Au ministère à quatre, et tarare au talent !

Cependant Charles Dix ne laisse point d'excuses,
Et qui dit un Bourbon dit protecteur des muses:

« Le langage français à tout usage intrus
» A fermé sa grammaire. » Eh bien, raison de plus :
Qu'a-t-il besoin encor d'un historiographe,
Qu'il congédie au moins son maître d'orthographe[3].
L'urgence en est palpable et si pressante enfin,
Que le vieux pédagogue, au bout de son latin,
Lui-même est aujourd'hui profanateur du temple
Où le place Apollon pour y servir d'exemple[4].

Crois-moi donc, Charles Dix, c'est, ou jamais, le cas

De nettoyer encor l'étable d'Augias.
Romps vite ce faisceau dont la masse importune
Absorbe la lumière et n'en répand aucune ;
D'un capital qui dort, en ton coffre éclipsé,
Rends à chacun le sien à fonds perdu placé.
Que de son propre éclat désormais chacun brille,
Au lieu de se mirer dans un nom de famille.
Que l'on ne soit plus grand par l'habit qu'on revêt,
Illustre par intrigue, immortel par brevet.

Au lieu de les unir divisant les quarante...
Que leur somme totale en devient différente !
Ce n'est plus un ramas de vieilles nouveautés,
Un zéro provenant de quarante unités ;
Ce sont quatre grands noms échappés aux ténèbres,
Qui vont, francs du zéro, s'inscrire aux rangs célèbres.
Leur zèle est honoré sans qu'il soit ralenti,
Nulle part leur renom ne craint un démenti :
Aucun ne comptant plus sur le succès des autres,
Ils ont tous leur valeur, ton suffrage et les nôtres.

Quant au local, rends-lui le nom de Mazarin ;
Sous celui d'institut, c'est un ingrat terrain.
Et, sur le noble front de ce vaste édifice,

Qu'on lise en lettres d'or, attestant ta justice :
Ci-gît l'Académie appelée autrement ,
Et tant qu'elle vécut, la Belle au bois dormant.
Grâce à deux cardinaux, vierge et prostituée,
Richelieu l'enfanta, Mazarin l'a tuée.

SATIRE DEUXIÈME

L'IMAGINATION ROMANTIQUE.

Et d'un ton menaçant .
Pousser jusqu'à l'excès ma critique boutade ;
J'entends : je ferais mieux d'imiter Benserade.

BOILEAU.

Reine du cœur, ó toi, noble attribut humain,
Fille du ciel ! qui seule en connais le chemin,
Dont le charme revêt tous les traits de sa flamme,
Par qui l'éternité commence et s'ouvre à l'âme ;
Toi, de tous biens la source, ineffable trésor
Où vit ce qui n'est point, n'est plus, n'est pas encor,
Puissante enchanteresse !... ou plutôt vieille folle !
Qui n'a de tous tes droits gardé que l'hyperbole,
Imagination ! dont jadis le flambeau
Ne cherchait que le vrai, n'éclairait que le beau,
D'où vient que de nos jours, bizarrement futile,
Tu ne penses qu'à plaire et fais fi d'être utile ?
Sur l'homme, ton sujet, cet empire absolu,
Est-ce pour l'égarer qu'il te fut dévolu ?
Essor de sa pensée, au lieu d'imiter l'aigle,
Dois-tu prendre en ton vol un papillon pour règle ?

Quand le monde au berceau, par sa mère allaité,
Faible enfant, bégayait la simple vérité ;
Alors que sa raison dont fermentait le germe
Des corps de la matière effleurait l'épiderme,
Que des sens le prestige était tous ses plaisirs ;
Pour calmer ses ennuis, pour flatter ses désirs,
Que ton art enchanteur, secondant la nature,
Lui fit en l'animant admirer sa structure,
Et que ton prisme, enfin lui servant de hochet,
A ses yeux abusés embellit tout objet :
Ces soins…, il les fallut au temps de son aurore ;
Mais le monde est trop vieux pour qu'on le berce encore.

De la coquetterie abjurant l'attirail,
Plais donc, sache capter sans t'en faire un travail ;
Consulte mieux ton siècle, écoute le vulgaire :
« Autres temps, autres mœurs! à tout âge on peut plaire.»
Grâce outrée est laideur; qui force un droit le perd.
Observe en l'art du tir ce qui montre un expert :
Est-ce l'excès du trouble, est-ce l'excès du calme ?
C'est le plus juste au but qui seul obtient la palme.

Encor si tes élans, Imagination,
Donnaient à quelque Orphée ou bien quelque Amphion

L'art de rendre à nos yeux ou la pierre mouvante,
Ou des enfers transfuge Eurydice vivante!...
Mais au contraire, hélas! c'est toi-même souvent
Que l'on envoie au diable ou qu'emporte le vent!
A bâtir dans les airs quoique tu sois sujette,
Les pierres que tu meus sont celles qu'on te jette;
Au lieu de l'impossible enfin ne créant rien,
Tu prétextes le mieux pour dénigrer le bien.

Delille en ses beaux vers, j'en conviens, t'a chantée,
Et son superbe éloge est ce qui t'a gâtée.
Moi, son second de nom, sans avoir ses talens,
Je t'accuse; réponds : Pourquoi ces faux brillans?
Comptable du génie envers le Goût, son maître,
Qu'en as-tu fait, dis-moi, pour qu'il n'ose paraître?
Tous deux livrés sans doute à des amours lascifs,
Comme Armide et Renaud coulant des jours oisifs,
Vous hantez quelque nue, où, nourris de chimères,
Vous vous bercez l'un l'autre en des jeux éphémères,
Tandis qu'en son absence, usurpant tous ses droits,
Le romantique règne, et le Pinde est sans lois!

Infortuné vieillard, trompé dans ton amie,
N'as-tu donc tant vécu que pour cette infamie!

Bon Goût! toi qui jadis, père des vrais plaisirs,
Comptas tes jeunes ans par d'immortels loisirs,
Pourquoi, second Priam sourd aux cris de Cassandre,
As-tu reçu ce don, pronostic de ta cendre?
Le romantique... Fi!! je t'ai dit mille fois
Que ce nouveau Pégase est un cheval de bois.

Au moins, à te venger si, guidant mon audace,
Tu m'inspirais l'effort d'en purger le Parnasse!...
Dût pour lui quelque Achille ici me prendre au mot!
Tout preux que fut Achille, un cœur français le vaut!

Mais, à propos de grec, dame imaginative,
Me diras-tu pourquoi, tardivement plaintive,
Tu pleures à sanglots, et pousses les hauts cris,
Byron de sa démence ayant reçu le prix?
Quand, perfide! c'est toi qui, de vanité sotte,
Boursouflant son esprit, armas ce Don Quichotte!
Et lui fis, dans l'espoir d'être un jour grand sultan,
Seul, aller conquérir tout l'empire ottoman!

C'était, quand il quitta sa native contrée,
Qu'il fallait à ses pieds te jeter éplorée.
Mais, que dis-je? alors même il eût été trop tard[1];

La patrie en ses vœux appelait son départ !
Il lui tardait de voir s'éloigner un génie
Qui déjà de ses mœurs tourmentait l'harmonie !

Tel un nuage épais sillonné par l'éclair ,
Et, tout chargé de foudre, est suspendu dans l'air :
Le vaisseau qu'agitait l'approche de la nue ,
A recouvré le calme en la perdant de vue [2] !

Interroge sa vie, et par sa mort apprends
Que, du ciel émanés, plus tes pouvoirs sont grands,
Servant de guide au faible ou d'espérance au sage ,
Et plus dans un impie il en punit l'usage.

Tu ris de mes sermons, et ne m'écoutes pas ;
Le style en est au fait si trivial ! si bas !
Romantique traîtresse ! on n'arrive à tes grâces ,
Qu'autant que l'on écrit monté sur des échasses,
Auprès de toi le vrai , le naïf n'a plus cours.
Ton école aime tant les soufflés en discours,
Qu'elle y presse les mots comme on fait des jus d'herbes
Ou les bourre de nitre et les y lance en gerbes,
Si bien que l'on encourt un très-mauvais renom,
En nommant aujourd'hui les choses par leur nom.

Ce poëme avait droit au titre de satire,
Quoiqu'il fût le mot propre, il est vulgaire à dire :
Aussi l'ai-je, à défaut de latin ou de grec,
Intitulé Boutade , et pas un mot avec !
Messénienne, sans doute, eût été plus de mode....
Mais le brevet d'un autre est sacré dans mon code.
Puis, Français, mon esprit est fort peu messénien,
Mes écrits, par malheur, n'ont de sceau que le mien.
Innocente, enjouée, ignorant l'art mystique
De naturaliser un nom cabalistique ;
Jamais ne s'y cachant sous un mot inconnu,
Ma pensée en mes vers se montre toute à nu.

Muse, alte-là ! vos dents, quelles que soient leurs pointes,
Allaient mordre un acier qui les aurait disjointes :
Le chemin de Messène est surtout fréquenté
Par deux preux qu'il conduit à la postérité ;
Et, tout ronceux qu'il semble à vos regards moroses,
Lavigne et Lamartine y marchent sur des roses !

A l'abri de ces noms justement honorés ,
Ne crois pas néanmoins tous tes torts réparés :
Quoi que tes dons sur eux aient versé de mérite,
Imagination ! je ne te tiens pas quitte.
Par exemple d'où vient que tu fis au premier,

En lui peignant Byron, un mensonge grossier?
Qu'affectant du hibou l'indiscrète tendresse,
Tu fais d'un insensé l'idole de la Grèce?
Ce déluge de pleurs qu'il coûte à l'univers,
C'est à l'insu des Grecs et presque de ses pairs[3].
Imagination, tu t'es là fourvoyée :
Ta course est trop rapide, et veut être enrayée.

Que si la métaphore a pour toi tant d'attraits ;
Que si ton microscope altère ainsi les traits,
Et d'humbles vérités fait de pompeux mensonges ;
Divague franchement ; jette-toi dans les songes.
Va, dispose à ton gré des mines du Pérou.
Change en perle de prix le modeste caillou,
En tokai le surenne et les chardons en roses ;
Bref, sois millionnaire en tes métamorphoses.

Pour époux, car alors il faut te marier,
Prends un bon gros soldat,... je veux dire un guerrier.
Quoique ce soit un rustre, un sac-à-pens farouche,
Qui, presque toujours ivre, une pipe à la bouche,
A tout propos ferraille ; et pour cinq sous par jour
Va machinalement où le mène un tambour,
Parmi ses exploits même eût-il commis un crime ;
On n'y regarde pas de si près quand on rime.

Ton prestige magique en aura bientôt fait
Un héros, un Bayard, un être en tout parfait,
Qui meure en ton roman plutôt que de se rendre,
Quoiqu'en l'histoire il vive et n'ait pu s'en défendre [4].

Pour illustrer le sang de ton futur époux
Dans sa mère, qui tond les chiens au Pont-aux-Choux,
Tu nous reproduiras une de ces bergères
Que les Alpes voient naître, accortes et légères,
Et de qui l'aspect seul, vrai talisman d'amour,
Fait soupirer l'écho des forêts d'alentour.

Voilà, ma chère, où doit se borner ton étude,
A quel char il te faut traîner la multitude;
Sans t'aller barbouiller d'anglais ou d'allemand,
Et prendre pour héros Child-Harold, Childebrand.

Que ta magie, à part mettant les noirs augures,
Ne nous dise jamais que bonnes aventures.
Laisse là les tyrans, les maux jadis soufferts;
Dans la saison des fleurs, pourquoi parler de fers?

Trompeuse fée! enfin, retranche de tes contes
Ce coursier chatouilleux que si souvent tu montes,

Sans l'avoir une fois même en rêves dompté ;
Soit dit, pour la dernière enfin ,... la liberté !
Imagination , sur ce point-là j'insiste ,
Ce qui te va le pire est d'être publiciste.
Les plus beaux vers font peu pour le bien d'un état ;
De méchans vers souvent ont fait un scélérat [5].
Et sans aller bien loin chercher dans nos annales,
Tes accords ont de sang gorgé des cannibales [6].

« Les Grecs, me diras-tu, les braves Mexicains,
» Attendent un cargo de vers républicains. »
Le Mexique, entre nous, n'est-il pas un prétexte
Qui te sert en Europe, à commencer ce texte ?
Et ces Grecs, devenus récemment si chrétiens !...
Oh ! les tours d'Escobar ne valaient pas les tiens [7] !

De tes protégés donc, pour rompre l'esclavage ,
Dieu, dont tu prends la cause, attendrait ton suffrage ?
Pauvre imaginative ! à quoi vas-tu songer ?
Un fleuve au loin répand la mort et le danger ;
De ses flots débordés il couvre les campagnes ;
De digue en digue il monte au sommet des montagnes :
Une femme dit : « Haine à l'humide tyran ! »
Et pense, avec sa cruche, étancher l'Océan...

« Cette femme était folle! » as-tu dit. Non, déesse :
Comme toi cette femme allait sauver la Grèce !

J'arrive, il en est temps, à ma péroraison :
Silence ! et, s'il se peut, écoute la raison.
Chanter les conquérans et la gloire des armes,
Est un rôle où tu fais éclater tous tes charmes.
Avec quel art tu sais ordonner un combat !
Comme au milieu des morts ta verve alors s'ébat !
D'un vers tu fais soudain craquer une muraille,
Et la rime, au galop, vient gagner la bataille !

Mais s'agit-il d'un roi qui règne par la paix,
Qui ne t'offre à chanter que vertus, que bienfaits ;
Bâillant à leur récit, te frottant les oreilles,
Les yeux à demi clos voilà que tu sommeilles ;
Et puis, comme Dandin t'éveillant en sursaut,
Que prenant tout à coup l'air grave, le ton haut,
Tu nous viens de *David* rabâcher la *clémence*... [8]
« Princesse, te dit-on, il s'agit de la France ! »
Que nous réservais-tu, pour le tome second ?
Six roussins attelés au char de *Pharamond* [9] !!!!!!

Au moins devais-tu faire assurer par avance
Ta *Ferme* et ton *Château* [10] pour huit jours d'existence ;

Et plutôt qu'étaler à ses yeux leurs débris,
Pour recevoir ton roi n'épargnant aucun prix,
Au lieu de lui bâtir bicoque sur bicoque,
Un palais de son sacre eût dû marquer l'époque.

Je l'eusse fait! oui, moi, je suis poëte aussi!...
Ou si je n'en ai l'art j'en ai tout le souci.
Et le zèle d'ailleurs m'eût tenu lieu de verve,
L'âme de Charles Dix m'eût servi de Minerve!
Riche de ses vertus, l'éclat de mes tableaux
Eût honoré mon roi,... peut-être mes pinceaux,
Et, peint au naturel, il eût dans mes hommages,
Imagination, fait pâlir tes images!

Non que dans ce concours, d'un objet si touchant,
Un de nos Messéniens n'ait fait briller son chant;
Toutefois son beau luth, sur le ton d'un cantique,
Psalmodie un peu trop la lanterne magique!

Quant à tous ces couplets et vers d'occasion,
Dont tu fis ce jour-là grande exposition,
Le soir c'étaient des fleurs qui semblaient assez fraîches,
Le lendemain c'étaient des épluchures sèches.

Reconnais donc tes torts, et je t'offre la paix.

Charles Dix la veut voir entre tous ses sujets.
Me servant, tu peux même en cimenter le pacte :
J'ai d'une pièce fait... qu'allais-je dire, un' acte.
J'en ai fait cinq au moins, j'en pourrais faire dix,
Tant riche est le travers qu'en riant j'y maudis [1].
Quand j'y pense, aussitôt la rage me consume,
Et les vers par torrens échappent de ma plume.
Je ne te charge pas d'en soigner le succès :
Du public, voilà tout, aplanis-moi l'accès.
L'ouvrage est-il sans fond ? qu'il tombe, point de grâce
Qu'on l'entende et qu'on juge : est-ce là de l'audace ?

Le poëme est écrit !... c'est bien, c'est excellent.
Mais le faire jouer, c'est là qu'est le talent.
Toi qui mets en pratique et suis d'autres maximes,
Viens, La Rochefoucault, au secours de mes rimes ;
Et toi que mon courroux a peut-être amusé,
Lecteur, de qui l'approche offre un champ plus aisé,
Si tu n'en trouves pas les accès trop maussades,
Je te promets par an douze à quinze boutades.

SATIRE TROISIÈME

SUR

UN PROCUREUR NORMAND,

COMMENTATEUR DE LA CHARTE.

En proie à maint avis dont chacun le condamne ,
Le meunier de la fable à l'égard de son âne;
Le cheval que montaient les quatre fils Aimon ,
Chacun d'eux le voulant guider à sa façon;
Enfin, l'entremetteur qui de mons Sganarelle
Et de sa chaste épouse endosse la querelle,
Jouaient un jeu plus sûr et moins malencontreux
Que celui d'un ministre en ce siècle hargneux.
Quoi qu'il fasse, il est sûr qu'on lui jette la pierre,
Et qu'il va sur le dos avoir la France entière.
Non qu'ici je prétende, en plat-pied, chapeau bas,
Canoniser Villèle, ou Corbière, ou Damas.
Flatter n'est point mon fait, ramper l'est moins encore.
Aux sots donner la chasse, aux fous de l'ellébore;
Penser vrai, parler franc... Tout le reste est pour moi

Aussi peu que je suis dans le conseil du roi ;
Et, n'ayant pas de foin à mettre dans mes bottes,
De ce qu'on fait là-haut je tiens fort peu de notes.

Mon point est de prouver que l'on aurait plus court
A juger Rossini sur les avis d'un sourd,
A faire d'un aveugle un oracle en peinture,
Et passer l'éléphant par un trou de serrure,
Qu'à vouloir en un centre unir tous les Français,
Ou les mettre d'accord en leurs propres souhaits.

Au point, me dit-on ; soit, j'y vogue à pleines voiles.
J'étais chez la marquise... à moi les trois étoiles,
Nommer les gens sied mal ; quand vint aussi la voir
Son procureur... en blanc, ou pour mieux dire en noir.
Le praticien normand venait lui rendre compte
(Et je laisse à penser si ce fut à sa honte),
D'un procès dont le gain, par ses soins obtenu,
De sa cliente encor doublait le revenu.
Du portrait qu'en riant il lui fit de sa terre,
Il passa tout à coup aux faits du ministère ,
Et, bien que le contraste eût pour lui tant d'attraits,
Grands dieux ! quel changement s'opéra dans ses traits !

France, ferme les yeux à ses tableaux sinistres,
Et vous à ses leçons réformez-vous, ministres!
Un procureur normand vient vous en remontrer.

Les choses vont d'un train à ne pouvoir durer.
Ce n'est point à Paris, sa plaie est la province;
Il en vient, et c'est là que vous perdez le prince.
Il en a pour garans non pas un, mais cent faits.
Pour témoins non pas un, mais quatre-vingts préfets.
Celui de Rouen seul lui suffit pour exemple,
A fonder ses griefs c'est un texte assez ample.
Il ne fait pas d'abord plus cas de ses avis
Que si, lui procureur, donnait les siens gratis.
Ce n'est qu'aux jours de fête ensuite qu'on l'approche,
Alors qu'il faut tenir sa langue dans sa poche.
Aussi ne dit-il rien, mais a par-devers soi
Des choses qui feront ouvrir les yeux au roi.
Ce qui par-dessus tout l'afflige est la finance.
Pauvre recette! va, cours après la dépense!
Au lieu de l'épargner, que fait-on du trésor?
On donne de grands bals, aux étrangers encor'!
Quant à lui qui partout avait laissé sa carte
(Ce qui prouve à quel point on se rit de la Charte),

Chez comte ni marquis nulle part invité,
Même au bal de la Grève il ne l'a pas été!

C'est ainsi que tonnait sa fougue hétéroclite,
Quand un garde du corps dit à notre Héraclite :
« Il se peut à Rouen que tout aille au rebours,
» Mais la Seine à Paris suit assez bien son cours ;
» Et, d'après vos cotons que l'on voit s'y déteindre,
» Votre département aurait tort de s'en plaindre. »
Pheu! ce sont là pour lui des paroles en l'air.
A soixante et quinze ans, nous dit-il, on voit clair.
On prend, quand on est jeune, un ducat pour un rouble
Mais lui sait ce que c'est que pêcher en eau trouble.
Rien que ces croix d'honneur qu'on donne ab hoc, ab hac...
Ne vous a-t-il pas là pris la main dans le sac?
Autrement ce symbole, aiguillon du mérite,
Flatteur, quand le courage ou le talent l'acquitte,
Mais sans prix, mais abject, quand il est prodigué,
Eût-il pris pour devise : Il a bien intrigué.
Non, l'émulation ainsi prostituée
Est une insulte aux lois qui l'ont instituée.
Enfin jusqu'à son clerc, un morveux de Rouen,
Qui porte à sa bavette un orgeuilleux ruban ;
Tandis que lui, son chef, est à l'attendre encore,

Et mourra-t-il peut-être avant qu'on le décore.
Cette idée à plein vent le faisant soupirer,
De la dent qui lui reste il voulut s'assurer.
Je crus devoir lui dire : « Il s'en faut que je prône
» L'abus de ces faveurs que l'on débite à l'aune.
» Mais est-ce donc, monsieur, un si grand mal pourtant?
» Chacun porte ici-bas sa croix comme il l'entend.
» Depuis que cet honneur est chose si commune,
» Le mérite se montre à n'en porter aucune.
» Laissez à ce faquin faire le renchéri ;
» On marque bien au rouge un mouton de Berri.
» Qui le distinguerait, au fait, d'un sot, d'un rustre,
» Son habit perdit-il le peu qu'il a de lustre?
» Bref, en ces grands enfans que charment des joujoux,
» Je vois bien des brebis, mais ne vois pas de loups ;
» Et la misère est grande en ces temps difficiles,
» Si c'est pour la loger qu'on bâtit tant de villes !
» Monsieur le procureur, allez, de tous les temps,
» Ce sont les mieux nantis qui sont les moins contens. »

L'herbe n'est pas pour lui, reprit le côté gauche,
Si courte et le pré tel que sans fruit il le fauche.
Mais pour en être exempt voit-on moins le danger?
Puis l'homme a d'autres droits que de boire et manger.

Or, quoiqu'ils nous soient tous assurés par la Charte,
C'est à qui la viole et le plus s'en écarte ;
Oui, la Charte, en un mot, ce chef-d'œuvre en tout point,
Avant son commentaire on ne s'en doutait point.
La Charte un don gratuit !... voilà ce qui le tue !
A le dire pourtant assez il s'évertue :
La Charte est un contrat passé devant la loi [2],
Et synallagmatique entre un peuple et son roi ;
Tel qu'en passerait un, et par-devant notaire,
Avec ses métayers un gros propriétaire.

De sa dialectique en vain de tous mes yeux
Tentai-je d'arrêter l'argument vicieux.   .
Mes doutes irritant sa logique farouche,
Vingt fois l'ouvrai-je à peine, il me ferma la bouche.
Il ne veut rien entendre ; il vient, fort de son droit,
Par vous mis à l'envers, le remettre à l'endroit,
Et la Charte à la main, dans la chambre assemblée,
Signaler tous les trous dont vous l'avez criblée.
Car Lycurgue et Solon, qu'il cite à ce propos,
Ont dit (comme Aristote en parlant des chapeaux)...
Ici le professeur s'enfonçant dans la nue,
Les Grecs et les Romains l'ont soustrait à ma vue.
Las ! qui l'aurait pu suivre en tout ce qu'il a dit ?

Mieux vaut un ignorant qu'un pareil érudit;
De tous les alimens dont l'excès est funeste,
L'abus des livres, certe, est le plus indigeste.
Témoin ce chicaneur, et tant d'esprits gourmands,
Lecteurs de son calibre et tout aussi Normands.
A l'appui de sa thèse et comptant sur le nombre,
Que de législateurs dont il évoqua l'ombre!
Publicistes anciens, légistes de nos jours,
Tous entrent pêle-mêle en son bruyant discours.
Lorsqu'enfin Montesquieu vint en clore la liste!
C'est celui-là qu'il aime et qu'il suit à la piste!
En fait de Charte aussi ne plaisantait-il pas?
Sa *Décadence* montre où mènent les faux pas.
A son école, au reste, on ne sait plus s'instruire :
Écrivez des romans, c'est tout ce qu'on sait lire.
On ne pense aujourd'hui qu'à l'aide d'un journal,
Et l'on ne veille enfin que pour aller au bal.
En effet, la marquise, objet de l'apostille,
La nuit d'avant avait au bal conduit sa fille.
Terpsichore, ainsi donc, en butte à l'orateur,
Lui vint pour s'en venger souffler un auditeur;
Et d'Annette, déjà tout en proie à la veille,
Ferma les yeux au jour comme au censeur l'oreille.
Cependant, sans changer de ton ni de refrain,

L'émouleur de bons mots allait toujours son train ;
Et du bruit que faisait le soufflet de sa forge
Nous tenait éveillés aux dépens de sa gorge.
L'ennui l'avait enfin rendu maître de nous,
Lorsqu'un trait imprévu nous vint affranchir tous.
Voici donc le bouquet, lecteurs ; gare la bombe !
Ou plutôt c'est sur vous, jésuites, qu'elle tombe.
N'êtes-vous pas honteux, ne rougissez-vous point
De l'avoir affublé d'un savoir si mal joint ?
Et deviez-vous sevrer ainsi la Normandie,
D'un pâtre dont peut-être il couvait le génie ?
Car c'est votre disciple ; il le dit à regret :
(Seul point de son discours où l'on s'en douterait.)
Aussi maudit-il l'heure où sa parenté folle
A commis son enfance aux soins de votre école.
Grâce au ciel ! son esprit qui, sous votre ascendant,
Ne poussait que chardon, qu'ortie et que chiendent,
Hors de votre culture a recouvré sa sève,
Et depuis qu'il sait lire il n'est plus votre élève.

Ne nous contenant pas à voir l'ex-Port-Royal
Instituer la Charte en contrat social,
Nos éclats aussitôt le rompant en visière,
Tel qu'au contact du feu saute une poudrière,

Il bondit sur sa chaise, et le regard gris-bleu,
Un long nez le coupant en deux sillons de feu,
Monté sur quatre pieds quatorze fois un pouce,
Et le tout couronné d'une perruque rousse,
Le voilà devant nous planté comme Apollon,
Avant ou même après le combat de Pithon.

J'ai tremblé, je l'avoue, et cru, pour me confondre,
Que sur moi d'argumens un volume allait fondre.
Point du tout, il s'apaise, et nous dit : « Au surplus,
Pour nous mettre d'accord, messieurs; n'en parlons plus. »
Calme, il se rassied donc et se tait : on l'imite.
Il nous attendait là l'ex-apprenti jésuite.
En effet, l'armistice est à peine accepté,
Que voilà mon Normand qui, rompant le traité,
A cheval sur la Charte et résonnant la charge,
Nous en taille une tranche aussi longue que large,
Puis se lève, salue, et sort en triomphant.

Quant à la belle Annette, hélas! la pauvre enfant,
(Son tympan engourdi suant le narcotique)
Elle était absorbée encor dans sa critique.
Dormez, charmante fille, à vos nerfs délicats
Rendez l'égalité qui fait voler vos pas ;
Rendez les feux de l'âme à vos paupières closes,

A vos attraits leur grâce, à votre teint ses roses.
Comme la sensitive, honneur de nos jardins ,
Qui s'abandonne toute à l'air pur des matins ,
Mais aux vapeurs du soir qui, chastement farouche,
Clôt sa feuille, et s'incline aussitôt qu'on la touche ;
Comme elle encor plus chaste, au souffle impur des ans,
Inclinez votre front et fermez tous vos sens.

En vain grondent l'injure, et l'envie, et la haine,
Le temps que rien n'arrête en son cours les entraîne;
Notre juris-démence enfin a beau crier,
Aux arrêts du destin il faut rompre ou plier ;
Et, quoi que l'erreur dise ou que l'orgueil fasse,
Le jour approche où tout aura repris sa place.
Les procureurs alors vaqueront aux procès,
Leurs cliens au moyen d'en acquitter les frais ;
Chacun, dans ses talens cherchant son importance,
A s'appartenir seul mettra l'indépendance.
L'art aisé du frondeur n'aura plus de renom,
Inventer et créer seuls donneront un nom,
Et la règle des lois, cette pénible tâche,
Ne sera plus le jet d'une humeur qui se fâche.
Si cet âge est un songe ou trop loin d'arriver,
Jolie Annette, au moins puissiez-vous le rêver !

LE SOLDAT LABOUREUR,

CANTATE,

D'APRÈS LE TABLEAU DE M. HORACE VERNET.

RÊVANT la gloire et soucieux de guerre,
Le brave Urbain, rentré dans ses foyers,
Était réduit à labourer la terre
Où sa valeur moissonna des lauriers.

Le souvenir de ses anciens faits d'armes
Déridait seul son front cicatrisé ;
Et bien souvent il mouillait de ses larmes
Le sol jadis de son sang arrosé.

Un jour d'automne il suivait sa charrue,
En se disant au milieu d'un sillon :
Voici la place où m'a seul été due
La gloire acquise à tout le bataillon.

Voici la place, Urbain, où contre quatre,
Défendant seul un étendart conquis,
Tu l'enterras pour mieux pouvoir te battre,
En fis autant des quatre !... et le repris.

Comme il disait, soudain la terre crie,
Cédant au soc qui l'arrache au repos....
Que s'offre-t-il à sa vue attendrie ?
Des ossemens, un casque et des lambeaux !!!

Urbain s'arrête, il jette un œil avide
Sur ces débris sans forme et sans couleur,
Ne voit que gloire en cet amas fétide,
Et d'un trésor se croit le possesseur !

Un saint respect l'émeut : il s'agenouille ;
Et l'œil fixé sur un vestige humain :
Salut ! dit-il, salut noble dépouille
D'un brave,... hélas ! peut-être ami d'Urbain.

Peut-être, hélas ! c'est Urbain, au contraire,
Qui, dans ce champ, t'a fait trouver la mort !
Il le devait s'il t'eut pour adversaire ;
Mort, il te pleure, et son bras seul eut tort.

Urbain pourtant se disposait à rendre
Au sol jaloux son dépôt glorieux,...
Quand tout à coup, au fond de cette cendre,
D'un prix d'honneur l'émail brille à ses yeux.

A cet aspect, ainsi que sur sa proie
Plane, s'élance et fond un épervier,

Plus prompt, Urbain s'en saisit plein de joie,
Le dévorant de son regard guerrier.

Il s'en décore, à la voix qui lui crie :
» Gloire au soldat devenu laboureur,
» Qui tour à tour prodigue à sa patrie,
» Tantôt son sang, et tantôt sa sueur. »

On lit plus loin, sur l'écorce d'un hêtre,
Ces mots qu'Urbain s'empressa d'y graver :
« Ci-gît un brave! » Urbain s'y doit connaître;
Urbain le dit, c'est assez le prouver.

INSCRIPTION

Que l'auteur fit graver sur la tombe de sa mère, le
10 mai 1825, jour anniversaire de sa mort.

Après dix ans d'absence et dix-neuf ans de deuil,
Ton Auguste est venu, plein de douleur amère,
Comme au jour de ta mort pleurer sur ton cercueil,
Et comme en son jeune âge heureux près de sa mère.
Tes vœux sont exaucés; et le ciel où tu vis,
En se fermant sur toi, s'est ouvert à ton fils.

FIN.

NOTES

LA SATIRE PREMIÈRE.

***

' Académiciens par la grâce de Dieu.

CETTE satire n'a pour but de contester à MM. de l'Académie, ni l'excellence de leurs talens, ni le droit qu'ils peuvent individuellement avoir à cette palme littéraire; je m'y efforce à démontrer seulement, que la prééminence, soit de réputation, soit de mérite réel, étant en quelque sorte, à présent, la moindre considération qui donne accès au fauteuil, il y a dans leur élection plus de bonheur que de bon droit, plus de hasard que de bien jouer; et que si l'on voulait créer un second Institut, comme on a fait du Théâtre Français, on trouverait aisément parmi les hommes de lettres qui ne sont pas du premier, à en composer un aussi nombreux et peut-être moins bigarré que ne l'est le présent. Ainsi, tant que je verrai dans un corps, dit d'élite, un membre qui donne lieu à ce qu'on se demande : Qu'y fait-il? pourquoi y est-il? et comment a-t-il pu souffler cet honneur à tel ou tel autre qui y avait de plus ostensibles droits? Je me crois autorisé à considérer l'admission à l'Académie comme un effet de la grâce de Dieu.

4

A

² Toi dont le nourrisson n'attend plus de services.

On sait que l'Académie a été dans l'origine uniquement instituée pour concourir, par son exemple et son autorité, à l'avancement des lettres en France, et au développement du langage français. Depuis près de deux cents ans qu'elle est établie, à peine a-t-elle encore complété son Dictionnaire, unique but ostensible de ses travaux. Sans lui chercher chicane sur le temps qu'elle a mis à venir au bout de sa tâche, tant est-il vrai que cet ouvrage de Pénélope doit avoir une fin, et que cette nécessité se fait sentir de jour en jour. Shéhérazade a beau conter de charmans contes, sa mille et deuxième nuit doit nous débarrasser d'elle. Or voilà non pas 7,035,000 nuits que l'Académie nous berce avec son alphabet, mais autant de jours que dure sa léthargie. En un mot, son Dictionnaire que j'appelle ici son nourrisson est maintenant plus grand que père et mère, et il a si peu besoin de ses services, qu'il n'est pas même exclusivement consulté, et que sous plus d'un rapport, on lui en préfère maint et maint qui ne sont l'œuvre que d'une seule tête, et dont cependant la vogue ne rapporte de gloire à son compilateur que la quarantième partie de celle que s'attribue l'Académie ; il est vrai qu'il lui faut partager la sienne en quarante fractions. Certes, il est alors permis à la satire de renvoyer cette bonne d'enfans au bureau des placemens.

³ En doutez-vous ? lisez ses éternels mémoires.

Encore une autre preuve de la superfluité de cette institution. Les mémoires de l'Académie ! Quand on pense à ce vo-

lumineux recueil d'éloges, à ce procès verbal des faits et gestes
de ce corps célèbre, à la place qu'il occupe dans une bibliothè-
que, enfin, au nombre d'écrivains plus ou moins illustres, qui
depuis deux cents ans y ont versé le trop plein de leur plume,
on ne peut s'empêcher de se le représenter comme un cime-
tière où sont épars, çà et là, de grands noms mêlés à une foule
de noms inconnus dont l'incrustation, en lettres d'or, sur le
marbre ou la pierre, n'inspire aux passans que compassion et
que douleur, ou leur donne un avant-goût du néant des choses
humaines.

* L'heureux Étienne au moins, etc.

Cet aimable écrivain dont je ne puis (quand je parle en
prose où l'hyperbole n'est point admise) que reconnaître, du
moins en grande partie, le talent qu'on lui accorde, a cessé
d'être membre de l'Académie, depuis que les lettres s'avisant de
politique, la thèse qu'il soutient a cessé d'être à l'ordre du
jour. Je n'entre pas dans les motifs de son exclusion; que comme
publiciste, il l'ait encourue, et que même il ait dû s'y attendre au jeu qu'il jouait, je le conçois; mais alors je me perds
dans l'idée que je me fais de l'Académie. Est-ce un corps pu-
rement littéraire, dont l'objet soit d'offrir à la France la réu-
nion des hommes de lettres les plus célèbres qu'elle possède? ou
est-ce une magistrature dont on soit investi, selon sa capacité
ou les services rendus dans la gestion des choses publiques? enfin, le droit d'admission réside t-il dans l'autorité, ou dans l'aveu
libre de chacun de ses membres? Dans l'une ou l'autre hypo-

thèse, je ne puis encore me retrouver ; si l'Académie est placée sous la surveillance de l'autorité, (et en cela je serais loin de la blâmer), si elle veille à ce qu'aucun adepte ne soit initié à son insignifiance, qu'autant que ses opinions et sa conduite politique soient analogues à l'esprit du gouvernement, pourquoi alors lui laisser l'apparence d'une élection indépendante, et ne pas franchement lui ôter le droit de nomination ? Au moins pourra-t-on savoir le chemin à prendre pour y arriver, et que faire pour s'y maintenir ; au moins le titre d'Académicien signifiera-t il alors un bon ultra ou franc libéral, selon l'esprit du ministère qui en aura la surintendance, tandis qu'à présent, sous quelque aspect qu'on l'envisage, c'est un peu de tout. En en excluant M. Étienne, parce que sa marotte est passée de mode, est-on bien sûr qu'on n'a pas oublié quelques plumes d'aigle parmi celles du paon ? quelques-unes de corbeau, parmi celles d'oie ? Et d'un autre côté, si les voix de ces messieurs sont franches, encore vaut-il mieux voir M. Étienne et compagnie dans le fauteuil, que tant de gens qui ne lui servent que de housses !

¹ Elle se fait chez vous inviter à s'asseoir.

L'usage établi pour entrer à l'Académie est de se mettre soi-même au rang des candidats, et d'aller de son propre mouvement solliciter, à front découvert, la voix de chacun des électeurs. Or, cette pratique autrefois très-sage, toujours suivie d'un choix consacré par le suffrage du public, n'est plus à présent qu'un abus subversif du but de l'institution ; en effet, à l'époque de son origine, les lettres étaient sœurs, et les

muses étaient chastes. La célébrité n'accompagnait que le talent, et tous les écrivains étaient unis et liés entre eux. Aussitôt qu'il en paraissait un nouveau sur l'horizon, le désir
de le posséder parmi eux, était en quelque sorte électrique et se
manifestait simultanément. Le propre mouvement de s'y pré-
senter n'était alors qu'une formalité attachée à la dignité du
corps. Mais aujourd'hui que la république des lettres est tom-
bée dans l'anarchie, que les talens sont à couteau tiré, l'un
contre l'autre, et que le mérite littéraire se juge et se pèse au
poids des opinions politiques, ou selon le crédit du parti que
l'on sert ; quel est l'homme rouge qui ira faire la cour à l'homme
blanc? et quel est l'homme de génie, s'il en paraissait un, qui
pourrait se résoudre à aller importuner Messieurs tels ou tels
pour leur demander l'honneur d'être confondu parmi eux?
Quant à moi, je serais plutôt d'avis que l'on fit choix des académiciens à la course, ou qu'on les prît au doigt mouillé...
Alors on ne s'étonnerait plus de ce que l'on voit.

Du joug de leur hommage affranchis la pensée.

On parle beaucoup, dans ce siècle raisonneur, de l'indépendance des écrivains, et de l'affranchissement des lettres. L'une
y est devenue une vertu d'autant plus louable que sa pratique
y est plus rare ; l'autre y est devenue une question d'autant
plus difficile à résoudre, que chaque jour on ne s'y occupe, de
part et d'autre, qu'à s'aveugler sur son principe. Cette observation m'a suggéré l'idée d'une quatrième *Satire sur l'Indépendance de l'homme de lettres.* Je n'attends, pour la publier, que

le jugement du public sur ses trois aînées. Selon l'accueil qu'elles en recevront, ou je garderai mes observations pour moi, ou je les exposerai à l'examen. Dans tous les cas, il n'en est pas moins désirable que les esprits du jour soient fixés sur une matière aussi importante. On n'a jusqu'ici, selon moi, encore dit sur ce sujet que de grands mots, fait de belles phrases, sans aborder franchement la question, et la résoudre par de solide raisonnemens. Je crois donc qu'il peut devenir intéressant pour le public de voir entrer en lice un écrivain qui témoigne l'indépendance, en ne servant aucun parti, et en les critiquant tous dans ce qu'ils ont de ridicule; et qui démontre l'usage à faire de la liberté de penser, ainsi que l'existence actuelle de cette même liberté, en disant tout ce qu'il pense, et le disant avec toute l'énergie dont il est susceptible, sans cependant que ni l'autorité s'en fâche, ni que le lecteur y voie d'autres motifs que l'amour du vrai et l'aversion des extrêmes. Le principe dont je pars est celui-ci : l'indépendance de l'homme de lettres commence en lui-même. Elle n'est digne d'être consacrée par la législation et sanctionnée par le public, qu'autant que la pureté de ses motifs lui fait seule un besoin d'exprimer librement sa pensée.

> Quand de ce que l'on pense on a le sentiment,
> Libre ou non de le dire, on le dit hardiment.
>
> Moi, *Satire promise.*

De là, j'en viens à prouver que l'esclavage que l'écrivain a le plus à redouter est celui de ses propres passions ; que tel qui se croit très-indépendant, parce qu'il brave ou dédaigne la faveur

des grands, est, sans s'en apercevoir, mû par la soif d'une
célébrité que lui a fait un parti auquel il est enchaîné par
l'appât de ses hommages. M. le vicomte de Châteaubriant,
par exemple, depuis les éloges que lui a attirés, de la part des
libéraux, son appel de fonds en faveur des Grecs, me paraît,
sous cet air d'indépendance, aussi esclave de la politique qui
le lui a dicté, que s'il avouait franchement qu'il sacrifie au dé
sir d'être un jour porté au premier siége dans le conseil du
roi. Et tant d'autres exemples que je pourrais citer, et qui dé-
montrent cette vérité, qu'on est souvent plus entravé dans
l'expression de ses sentimens par le besoin de la louange que
par la crainte de la censure.

> L'un de nous deux par l'autre eût été converti.

M. Casimir Delavigne, dans son discours de réception,
commence l'éloge de M. Ferrand, l'académicien auquel ilsuc-
cède, par raconter une conversation qu'il eut avec ce dernier
alors qu'il fut lui demander sa voix, et dans laquelle celui-ci
aurait cherché à convertir le candidat à sa doctrine politique
en opposition avec celle du postulant. Il termine ce récit par
dire qu'il l'écouta, sans le contredire, par respect pour son
âge sans doute, ou pour ne pas s'aliéner son suffrage, et qu'il
le quitta *sans être converti*. En outre que son silence ne prouve
pas grand'chose en faveur de sa doctrine, moins encore contre
celle de son prédécesseur, le ridicule que toute cette narration
jette sur celui dont il entreprend l'éloge est, pour parler le
langage de Sganarelle dans sa consultation, ce que nous appe-
lons en grec. maladresse, et en latin, fanfaronnade.

* C'est à l'Académie et nullement à vous.

Quelques plaisanteries que je me sois permises sur cet illustre corps, ainsi que sur plusieurs de ses honorables membres, que le lecteur ne croie cependant pas que j'aie choisi ce sujet uniquement parce qu'il est le plus fécond en brocards, et que de temps immémorial l'Académie est le plastron de toutes les épigrammes, soit de la part de ceux qui envient l'honneur d'en être, soit de la part de ceux qui n'en parlent que par ouï-dire; Je pense sincèrement et sérieusement, que cette institution devrait être modifiée dans la plupart de ses statuts constitutifs, afin de la rendre, sinon productive d'avantages signalés pour l'avancement des lettres, du moins exempte des justes ridicules dont la couvre sa parfaite inertie; et d'abord le premier travers inhérent à sa constitution actuelle est le nombre quarante auquel on croit qu'il est de rigueur que se monte le grand complet de ce corps d'élite. C'est comme si l'institution des Quinze-Vingts, parce qu'originairement le nombre en était fixé à trois cents, refusait d'admettre dix aveugles de plus que son complément; ou, pour le remplir, à défaut d'aveugles, allait emprunter à celle des Sourds et Muets de quoi parfaire sa quotité déterminée. Ou bien il me semble voir une compagnie de la garde nationale, dite des grenadiers, parce que chacun de ceux qui la composent, à défaut d'avoir la taille requise, y supplée par un énorme bonnet dont le poids et la dimension le fait encore paraître plus petit qu'il ne l'est en effet. Mais au moins un factionnaire dans sa guérite, dit-il encore plus, est-il plus

utile au bon ordre que ne l'est, aux progrès des arts, un académicien dans son fauteuil.

[9] Se donne à qui sait mieux manier la fourchette.

Un de mes amis, sachant que je m'occupais d'une critique
sur l'Académie, me raconta ce fait. Je ne pus, réel ou non,
résister à en faire le récit épisodique. Mais comme ce que j'en
dis ne suffit peut-être pas au lecteur qui n'en a pas connais-
sance, pour lui en donner la clef, le voici plus clairement
exposé : Seize hommes de lettres, les uns l'étant réellement,
et le plus grand nombre d'entre eux ne l'étant que par cour-
toisie, concertèrent ensemble de se faufiler tour à tour, et de
se pousser l'un l'autre à l'Académie. Le but de la conjuration
une fois arrêté, tous les complices liés réciproquement par le
nœud du serment, des déjeuners périodiques, et nommément à
la fourchette, furent adoptés comme le meilleur mode d'en-
tretenir en eux le goût des bonnes choses, et la voie la plus
sûre pour arriver au fauteuil. En effet, dès les premières indi-
gestions, les deux ou trois coqs du poulailler, dont les droits
étaient incontestables, furent à tire-d'aile se percher sur le
trépied d'honneur ; aussitôt admis dans le sanctuaire, ils y
firent faire place à ceux de leurs autres convives qui étaient les
plus pressés ; enfin les déjeuners se récidivant, presque tous
les postes de l'Académie furent enlevés par les quinze à la
pointe de la fourchette, quand, par malheur pour le seizième,
la porte se ferma sur M. Droz. L'Académie se sentant appauvrir
en valeur, à mesure qu'elle croissait en nombre, ses douaniers

58

devinrent plus sévères, scrutèrent les titres; les articles du
Cadran Bleu ou du Rocher de Cancale furent enfin tout-à-fait
prohibés; peu s'en est fallu que la foi du serment des seize n'é-
chouât au port, lorsque, grâce à l'active vigilance des quinze,
le seizième vient enfin d'arriver en post-scriptum à l'A-
cadémie. Si le fait est vrai, ce que je ne donne que comme un
ouï-dire, il faut avouer que la France littéraire est encore plus
mal représentée que la France législative; au moins n'est-ce
point à la pointe de la fourchette que les postes de celle-ci
s'enlèvent.

¹⁰ Que d'aimables auteurs sa mort ferait renaître !

Dans l'énumération que je fais à la suite de ce vers, des
talens remarquables que la contagion académique a paralysés,
j'en ai omis sans doute beaucoup dont le souvenir n'est pas
moins cher au public que ceux que j'y mentionne. Mais, après
dix ans d'absence, je sais à peine à présent qui est, ou qui
n'est pas de l'Académie, et qu'ont fait ou n'ont pas fait ceux
qui en sont; peut-être y en a-t-il même parmi ceux dont je
cite les noms, et qui ne sont réellement plus de ce monde, pendant que je ne les crois encore qu'en léthargie. Ainsi ceux de
messieurs les académiciens que j'ai passés sous silence, et qui
méritent un rang parmi les notables du corps, me pardonneront
mon oubli, dont au reste ils doivent en partie imputer la faute
à leur célébrité stationnaire.

¹¹ On peut ne dire rien même en de fort beaux vers.

Je ne sais si je me trompe, mais cette vérité me semble

si bien adaptée à la poétique de notre âge en général, que, si
j'avais la vanité de Lemierre, je serais tenté d'appeler aussi ce
vers celui du siècle; en effet, l'art de la versification est telle-
ment perfectionné de nos jours, qu'il semble être à présent
tout-à-fait distinct de la poésie, dont il n'a plus que le nom et
la forme. Cela paraît un paradoxe, et cependant combien le
lecteur pourrait-il compter avec moi de poëmes modernes
dans tous les genres, dont les vers sont brillans, corrects, élé-
gans pris individuellement, mais dont le tout ensemble n'offre
qu'un ouvrage sans couleur, sans originalité, et à la fin duquel
il arrive sans en avoir retenu une seule pensée qui l'ait frappé,
un seul vers qui se soit gravé dans sa mémoire; en un mot,
quel ouvrage moderne a fourni un seul adage au langage
familier, un seul type d'expression aux passions actuelles,
une seule locution caractéristique d'un penchant quelcon-
que du cœur humain? Cela seul est pourtant le cachet des bons
vers; car il en est de la poésie comme du sexe: on admire
en lui la beauté de ses formes, mais on n'en aime que les qua-
lités morales.

      « Que me fait qu'un vieux fou, qui n'a rien de son âge.

Voici par exemple un ouvrage (la célèbre comédie de
l'École des Vieillards) qui me suffirait seul à justifier la précé-
dente assertion; la diction y est admirable, il est plein de tirades qui, prises isolément, sont autant de chefs-d'œuvre de
style, d'élégance et de goût; il renferme plusieurs scènes in-
téressantes par la chaleur du dialogue; enfin, c'est vraiment

l'œuvre d'un académicien dans toute sa gloire. Mais an total, et comme une conséquence du dernier principe, c'est un ouvrage fade, ennuyeux ; c'est un mauvais ouvrage, c'est un détestable ouvrage. Otez-lui le secours des talens de Talma et de mademoiselle Mars, ou ôtez à ceux-ci leur réputation, et cette comédie n'aura pas dix représentations. Quelque sévère que je paraisse être à cet égard dans la satire ainsi que dans cette apostille, si je me trouve jamais forcé d'en faire une analyse raisonnée pour motiver ou justifier mon jugement, on verra au contraire que je paie encore un juste tribut de modération et d'égards au talent de l'auteur, qui sous tant de rapports mérite sa réputation. Sous celui du mérite dramatique, je pense différemment ; je la trouve, non pas en partie, mais toute entière usurpée ; et, pour ne parler que de la comédie, j'aperçois dans ses conceptions théâtrales des erreurs d'observation, un manque de naturel, une absence totale de comique, et des superfluités ambitieuses qui me font hardiment lui conseiller d'abandonner ce genre pour lequel la nature ne l'a point formé : il ne fera jamais rien de durable à la scène. Qu'il ne s'abuse pas sur les applaudissemens dont la salle retentit pour lui ; le parterre de Molière avait bien applaudi, à tout rompre, le sonnet d'Oronte, qui était effectivement en harmonie avec le mauvais goût qui régnait alors, lorsque Alceste par sa juste critique vint désabuser les enthousiastes, ce qui ne plut pas d'abord au plus grand nombre. Il en est de même de la vogue aveugle dont jouissent certains ouvrages dramatiques modernes ; ils sont en parfaite harmonie de style avec la pompe des idées du siècle, ils ne sont plus de mauvais goût, mais, ce qui est pire, ils manquent d'invention et d'originalité ; ils pêchent par le canevas, et ne décèlent surtout aucune étude du cœur humain, seule source des beautés dramatiques. Il y a plus d'indices de vrai talent dans *qu'allait-il faire dans cette galère ?* que dans tout le répertoire moderne. Je vais citer, par exemple, à l'appui de ce que je dis, une preuve des faux jugemens de la multitude, et du manque d'observation chez nos maîtres de la scène. Dans l'*École des Vieillards*, le passage qu'on applaudit avec le plus d'extravagance, le vers qu'on trouve le plus profond, le mieux pensé, auquel les hommes crient au miracle, les femmes haro sur le coupable, et que Talma, surtout, fait monter jusqu'à la dignité d'Agamemnon... après tout ce préambule, oserai-je dire que c'est une absurdité ? Il le faut pourtant, car c'en est une ; mais gare à moi si je ne le démontre pas. Danville dans son entretien avec Achille... je me trompe, avec le duc, sur son refus de lui donner satisfaction, pour avoir aimé sa femme avant qu'elle ne le fût, sous le prétexte de ses cheveux blancs, lui riposte d'un ton à la don Pèdre,

Il eût fallu les voir avant de m'outrager.

Et la salle de menacer ruine par les trépiguemens des extasiés. Eh ! mon pauvre Danville, c'est d'ordinaire aux *cheveux blancs* qu'on fait l'espèce d'injure dont tu te plains, surtout quand ils couvrent assez peu de cervelle pour exposer le front d'un vieux fou aux caprices d'une jeune beauté dont le cœur est déjà pris. C'est donc une niaiserie de la part de Danville de mettre en avant ses cheveux blancs que le duc voit d'abord pour la première fois, et qui ensuite n'étaient point l'objet de ses poursuites, mais bien la blonde crinière de la vertueuse Hortense ; car les eût-il 'vus avant de commencer son siége, loin d'en avoir été détourné, il en aurait au contraire conçu plus d'espoir de succès. Ah! que si un vieillard ayant reçu personnellement un outrage d'un jeune homme qui, tout en insultant à la vieillesse, lui refusât de lui en rendre raison par égard pour ses cheveux blancs, le vieillard lui disait :

Il eut fallu les voir avant de m'outrager.

Certes, ce serait alors un beau vers..... de tragédie, un vers volé à Pierre Corneille; au lieu que, dans la bouche de Danville, ce n'est qu'une rodomontade inconvenante à son âge. Il est vrai que, dans tout le cours de la pièce, il dément à chaque scène son acte de naissance qui lui donne soixante ans ; il parle comme l'âge mur, a les fureurs jalouses de la jeunesse et l'imprudence de l'enfance. Ce n'est point assez du baptême d'un hémistiche pour caractériser un personnage au théâtre ! J'ai cité cet exemple, que je pourrais multiplier à l'infini, au sujet de cette pièce renommée, pour prouver que ma critique n'est mue que par une conviction fondée sur la raison, et non sur l'envie et la jalousie qu'un grand talent ou un grand succès excitent d'ordinaire, et auxquelles j'ose professer être parfaitement étranger.

¹¹ Qu'il congédie au moins son maître d'orthographe.

Comme je l'ai dit plus haut, notre littérature ne pèche plus par l'incorrection du style, par l'ignorance de la langue. Le plus médiocre écrivain de nos jours écrit aussi grammaticalement qu'un académicien. Sous ce rapport donc, nous n'avons plus besoin de type, de censeurs et de maîtres; mais c'est vers l'invention, vers l'étude approfondie des passions humaines; c'est vers l'originalité, la fécondité de l'invention, qu'il faudrait que l'Académie actuelle donnât l'impulsion aux écrivains du siècle. C'est contre le romantisme, contre l'abus du descriptif, et la multitude de beaux vers insignifians qu'il lui faudrait diriger l'opinion publique.

Par malheur, bien loin de nous servir de rempart, de digue à ce déluge de poésie sans couleur, elle a dans son sein plus d'un partisan du genre extravagant, et un plus grand nombre encore du genre ennuyeux, sans compter ceux qui font maintenant rétrograder la langue française vers l'afféterie et la manière.

¹⁴ Où le place Apollon pour y servir d'exemple.

Pour sentir la vérité de ce vers, et la justesse de ce qui a été dit plus haut: lisez une *Ode à la mémoire du comte de Souza*, par M. Népomucène-Lemercier, membre de l'Académie!! Vous y trouverez barbarismes, solécismes, inversions tartares, expressions qui ne se sont jamais trouvées accolées ensemble, que dans *ce beau désordre* qui n'est pas *un effet de l'art;* un vague, une obscurité de pensée, une prétention au sublime, une confusion d'images, et autres ingrédiens qu'on ne trouve plus que chez nos maîtres ; par exemple, jusqu'ici *Émule* et *Impassible* avaient été irréconciliables , l'émulation ne vivant que de passions de quelque nature qu'elles soient ; ces deux mots s'étaient respectivement juré de ne jamais se rencontrer l'un près de l'autre , l'ascendant de l'académicien vient cependant de les *fraterniser !* Autre innovation accadémique qui fait sortir ce verbe de sa neutralité originelle pour lui donner une part active dans la langue française. Ainsi , dorénavant , lecteur , si vous avez jamais à exprimer dans un vers, « Émule de l'impassibilité divine, » pour peu que cela soit chaussure à votre pied, vous pouvez dire : « Émule impassible des dieux. »

Je ne puis résister, en terminant ces notes , au besoin d'assurer le public, quel que soit son jugement sur ces satires sous le rapport littéraire , que l'esprit qui les a dictées ne participe en rien à l'*ardeur de medire ;* qu'aucun des traits piquans qu'il y pourra rencontrer n'a un motif, encore moins un but personnel ; et je prie messieurs les auteurs, dont j'ai cité les noms ou les ouvrages , de croire que, quelques plaisanteries que je me sois permises à leur sujet, je n'en suis pas moins l'admirateur zélé de ce qu'il y a de mérite dans leurs écrits, et que si je cherche à égayer le lecteur par la satire de ce que j'y trouve de ridicule, ils n'en doivent imputer l'innocente critique qu'au désir de les en voir exempts, ou qu'au regret que la perfection ne soit en rien dévolue à l'humanité.

NOTES

---

¹ J'ÉTAIS en Angleterre, où j'habite depuis dix ans, quand la plupart des poëmes récens de lord Byron y furent publiés ; et je puis affirmer, comme en ayant été témoin, que parmi les classes les plus distinguées du pays par le rang, le talent et les lumières, il n'est pas une personne qui, tout en faisant la part de son génie, en en admirant les étincelantes beautés, ne déplorât l'abus qu'il en faisait en cherchant à ridiculiser, aux yeux de la multitude, et les caractères les plus respectables et tous les liens les plus sacrés de la société. Cela est si vrai, que lorsque lord Eldon, grand chancelier actuel de l'Angleterre, refusant à l'éditeur de *Don Juan* ses recours contre les contrefacteurs de ce poëme, motiva sa sentence sur ce que cet ouvrage s'était fermé la protection des lois, en insultant à la morale qui en est la base, aucun de ceux même qui savent par cœur tous les vers de ce grand poëte ne trouva son juge trop rigoureux ni son arrêt mal fondé ; depuis on ne cessa pas de les lire, mais on cessa de déifier leur auteur, du moins en Angleterre, où l'on juge de la littérature anglaise et parle anglais aussi bien qu'en France.

² Cette figure, ainsi que beaucoup d'autres employées par le traducteur de Child-Harold, étaient, ces jours derniers, relevées avec raison par le Journal de Paris, comme de mauvais goût, et comme une dangereuse importation en France des littératures étrangères, j'allais dire étranges.

³ J'ai eu en Angleterre de fréquentes occasions d'être directement informé de ce qui se passait réellement en Grèce, ayant rencontré à Londres diverses personnes qui en avaient été les témoins oculaires, et qui m'ont affirmé que bien loin que les Grecs accueillissent, comme on le suppose, les offres de service qui leur étaient faites de la part des étrangers, ils les repoussaient avec un dédain brutal, les voyant toutes d'un œil jaloux et soupçonneux ; et j'ai souvent entendu dire, en confirmation de cela, que lord Byron lui-même n'avait pas été mieux reçu que les autres en Grèce, et qu'à peine on savait qu'il y fut, au delà du cercle des amis avec lesquels il y était, et de quelques Grecs qui n'avaient rien de mieux à faire que de lire des vers. Quant au bruit que sa mort y fit, il a dû ressembler à celui qu'y faisait son séjour ; sans doute elle en fit à Londres : la chambre des Lords perdait un de ses membres les plus distingués ; la société, un de ses plus beaux ornemens ; mais les mœurs qu'il avait outragées et par sa vie et par ses écrits les consolèrent bientôt d'une si grande perte, que, dans leur zèle, elles osèrent considérer comme un bienfait social. En effet, un grand homme, fût-il un poëte unique, mis dans la balance avec la morale d'un pays, quelle

muse assez hardie, assez cynique accuserait le ciel de l'avoir fait pencher en faveur de la religion d'un peuple?

¹ Un de nos meilleurs poëtes contemporains, égaré sans doute par son imagination, en voulant rehausser la gloire des armes françaises, se trouva avoir reversé sur celles que le hasard de la guerre a favorisées à Waterloo les tributs d'éloges que ses beaux vers paient à nos armées. Quels que soient ceux que mérite un héros trahi par le sort, n'est-ce pas en quelque sorte célébrer la victoire de son ennemi, que de rappeler sa défaite? et si Troie avait aussi heureusement survécu à la mort de tous ses braves, que la France aux malheurs de Waterloo, un poëte troyen aurait-il été choisir pour sujet d'un poëme national les prédictions de Cassandre et la mort de Laocoon?

Ensuite, ce qui est très-beau sur un champ de bataille, pour encourager des soldats, ne supporte toujours pas le froid examen de la réflexion; par exemple, cette éloquente réponse : *Ils meurent et ne se rendent pas!* signifie peu de chose dans la bouche de celui qui est rapporté l'avoir faite aux Anglais, et qui seul a survécu à l'événement qui lui a arraché cette exclamation; car bien qu'elle soit restée un monument de courage pour ceux dont elle a été la sentence de mort, elle n'est plus qu'une fanfaronnade pour celui dont la bravoure déçue aurait été forcée de se rendre et survivrait encore aux illustres victimes de son dévouement : ce qui arrive au général Cambrone. C'est donc un mauvais service que lui rend notre poëte que de perpétuer cette contradiction entre l'impulsion d'alors et le fait actuel. *Rien n'est beau que le vrai*, etc. C'est comme si Léonidas était revenu annoncer lui-même la perte de son brave bataillon, et, en rendant compte de sa noble défense, eût répété la harangue qu'il aurait faite aux trois cents, et dont l'effet eût été la mort de tous à l'exception d'un seul, lequel eût été Léonidas ! Certes, loin de moi de déprécier et la sincérité du dévouement du général Cambronne à ce moment, et l'immortel quoique infortuné laurier acquis à Waterloo; mais encore une fois, ce mot, tout anglais, n'eût pas dû figurer dans un Vocabulaire français à moins que son introducteur ne voulût ou complimenter le général Wellington, ou exciter parmi nous des souvenirs outrageans. Mieux vaut un ennemi qu'un imprudent ami; permis au poëte d'exagérer, mais non jamais de tomber à faux.

5 Que de vers tirés de nos tragédies modernes ont servi de texte justificatif à des crimes révolutionnaires, dont les agens homicides semblaient nourris de l'esprit qui a dicté plus d'une de ces productions incendiaires!

6 C'est en chantant la Marseillaise que la plupart des massacres se sont commis au 2 septembre à Paris et dans toute la France. L'influence du génie sur l'esprit de la multitude est si puissante, que le poëte à qui elle est dévolue exerce dans son siècle une espèce de pontificat qui devrait le rendre d'autant plus circonspect sur l'usage qu'il en fait, qu'une seule idée échappée à sa verve peut faire sa honte ou sa gloire;

défendre la morale outragée, ou pervertir le cœur innocent qui l'écoute. Cet axiome est si vrai, qu'il s'applique tous les jours à ceux qui en exercent un réel et dont il est le premier des devoirs ; mais tout en l'exigeant d'eux, on l'enfreint souvent soi-même dans la sphère de ses propres attributions.

[7] Le grand reproche que l'on fait aux monarques européens, à l'égard de la Grèce, c'est de laisser un pays chrétien sous l'oppression des ennemis de la foi. Cette indifférence n'est que le tort de la politique, et les plaintes qu'elle suggère à la plupart de ceux qui la censurent semblent d'autant plus extraordinaires, que la charité chrétienne ne sert en cela que de moyen indirect à leur arrière-pensée, du reste assez peu charitable.

[8] *La Clémence de David*, tragédie en 3 actes et en vers, donnée aux Français à l'occasion du sacre. Quoique fait par un homme d'esprit, cet ouvrage n'a eu que deux représentations : le parterre en a fait une justice convenable à ces jours de Jubilé, et l'a laissé tomber de soi-même.

[9] L'opéra de *Pharamond*, donné à l'Académie royale de musique à la même occasion, a été composé par six auteurs, trois pour les paroles et trois pour la musique, cependant ce sixain d'hommes à talent aura fait merveille, si ces messieurs obtiennent à leur ouvrage une représentation pour chacun d'eux ; car il est à craindre que le dernier n'arrive trop tard au dividende.

[10] *La Ferme et le Château*, comédie en un acte et en prose (la belle prouesse !), représentée par messieurs les comédiens

français , le jour que la famille royale a honoré de sa pré-
sence le premier théâtre de la capitale. Charles X, exemple de
patience, a pu seul entendre jusqu'au bout cette rapsodie
insignifiante.

« Je ne sais comment font les auteurs en possession des
faveurs du comité de messieurs les comédiens français, pour
parvenir à faire représenter leurs ouvrages : pour moi, je n'ai
pas encore eu l'art d'obtenir seulement la mise en lecture d'un
seul des miens. Il est vrai qu'effrayé d'avance des difficultés
dont ce sanctuaire est, dit-on, environné, je ne les ai jamais
attaquées avec persévérance ; écrivant plus par amour de cet
art que dans la vue de ce qu'il rapporte soit de gloire, soit de
crédit, voire même d'argent; le plaisir que j'éprouve dans une
composition pareille m'a déjà payé les soins qu'elle me coûte ;
aussi le moindre obstacle que m'offre sa publication me cause-
t-il les nausées que l'on ressent à la vue et au fumet des
viandes après que l'on a dîné. Je n'ai donc pas encore eu la
satisfaction de me procurer le tarif de mes forces ; cependant,
peut-être au style de cette satire, ne jugerait-on pas que je
fusse indigne d'être incorporé, ne fût-ce que dans l'arrière-
comique. J'ai fait trois ou quatre comédies en cinq actes qui
ont été reçues avec avidité par le feu de ma cheminée, où je
les ai jetées pour m'ôter la tentation de courtiser la chance de
leur mise en représentation. Je suis plus tenace à l'égard de
la dernière dont je fais ici mention, parce qu'elle me semble
avoir de l'à-propos : le travers qu'elle fronde bien ou mal,

mais au moins avec vigueur, est celui qui infeste le plus tous les rangs, toutes les classes de la société actuelle, depuis l'homme du premier talent jusqu'au plus simple artisan, et cela non-seulement en France, mais dans toute l'Europe, et principalement en Angleterre où j'ai composé cet ouvrage. Par malheur pour lui, il est probable qu'il ne verra le jour que lorsque le ridicule qu'il expose aura fait place à d'autres : un poëte comique de nos jours devrait anticiper de dix ans sur l'avenir, pour se trouver de niveau avec l'époque où il sera joué.

Depuis la première publication de cette satire, deux grandes conversions ont étonné le public : la première est le changement que cet ouvrage a subi dans son titre, qui d'abord était *Boutade sur l'imagination :* mes amis m'ayant ouvert les yeux sur les dangers de la modestie dans ce siècle fanfaron ; et la seconde est le demi-quart de conversion qu'un de nos célèbres écrivains romantiques a fait vers le génie du libéralisme, en lui faisant hommage d'un petit opuscule sur les finances de la Grèce. Cette œuvre pie assure d'avance à son auteur un double droit à la place de premier ministre en France, lorsqu'il plaira au présent occupant de lui céder son fonds et de se retirer des affaires.

NOTES

LA SATIRE TROISIÈME.

***

' On donne de grands bals, aux étrangers encor !

Cette satire fut composée à l'époque où tous les ministres ont donné de splendides fêtes pour célébrer le couronnement de Charles X. C'est le lendemain du bal que S. Exc. le ministre de la marine avait donné à cette occasion, que le hasard me fit rencontrer mon héros neustrien. Depuis mon retour en France, je m'étais tant de fois étonné de voir que, malgré que l'argot constitutionnel y fût en vogue, on y était encore aussi novice en matière de droit public que si la révolution ne faisait que de commencer; et j'avais tant de fois surpris les publicistes de salons et les légistes de cafés, déraisonnant sur la législation protestante, que je n'ai pu résister à tracer le portrait d'un de nos modernes Lycurgues. Si l'erreur et l'ignorance prêtent au ridicule ne se rattachant qu'à la morale privée, que n'offrent-elles pas à la risée lorsqu'elles se lancent dans les profondeurs de la jurisprudence, et montent sur le trépied de l'État pour dicter des lois aux nations! Que l'on ne croie pas que j'aie exagéré dans cette satire l'absurdité de mon modèle, la

copie, au contraire, en est encore bien au-dessous de la réa-
lité. Mais en m'attachant trop servilement à répéter ses diva-
gations, j'aurais infailliblement fait éprouver au lecteur la
même tentation qu'il imposa à son auditoire; et mon but,
dans cet ouvrage, est de tenir le public éveillé sur les abus si
fréquens et si nombreux de nos jours qu'engendre la manie de
croire que c'est être homme d'état que de fronder tout ce qui se
fait en politique sans entrer dans aucun des motifs qui le font
faire. Y a-t-il au fond rien de plus plaisant que d'entendre
un homme qui peut à peine coudre deux idées ensemble sur
quelque sujet que ce soit; qui ne prend que ses petites passions pour guide et ses étroites lumières pour conseils, dé-
cider hardiment de ce qui constitue le bien des états et assure
le bonheur des peuples? Au moins en Angleterre, que l'on cite
toujours comme le sol classique du parfait équilibre des pouvoirs, quand un orateur de taverne émet son opinion sur le
cours de choses publiques, ce n'est pas sur son propre intérêt
qu'il se règle; c'est plein des vingt colonnes de son journal
qu'il argumente, et c'est toujours dans la vue du bien public,
et mû par un sentiment vraiment national, qu'il parle et qu'il
agit. Là le patriotisme est au nombre des passions de l'homme,
il occupe la pensée, il meut les actions, il dirige, il égare, il
encombre l'esprit, mais il est le seul mobile de l'Anglais.
Le principal élément du régime constitutionnel n'est pas dans
la disposition du gouvernant, il est dans celle du gouverné,
comme le principe de toute guérison réside moins dans l'art de
la médecine que dans la constitution physique ou morale du

malade. Mais, à propos de maladie, je crois que celle de mon héros me gagne, et voilà, comme Figaro, que je *suis presque aussi bête que monsieur.*

' La charte un don gratuit !... voilà ce qui le tue.

L'argument qui suit ce vers est tout entier du cru normand de l'orateur cité : il nous fut impossible de l'en faire démordre. Or, quand on pense que sur mille de nos amateurs publicistes, il y en a pour le moins neuf cent quatre-vingts de cette force, allez après cela fatiguer le ciel de vos vœux pour qu'il vous initie aux mystères du gouvernement constitutionnel. Entre le sentiment de ses droits et de l'esprit sur les lois, il y a la même distance qu'entre Montesquieu et ce pauvre procureur. Il me tarde, pour offrir au public le pendant du tableau grotesque que celui-ci m'a fourni, de rencontrer quelque honnête partisan du système opposé au sien, je veux dire un ultrà de la vraie souche, et c'est alors que je promets à messieurs les libéraux une caricature de leur goût; car je tiens à prouver au public que ce n'est qu'au ridicule que j'en veux, de quelque nature et de quelque rang qu'il soit, et que dans tout ce conflit d'ambitions politiques et de prétentions littéraires,

Tros Rutulusve fuat nullo discrimine habebo.

FIN.